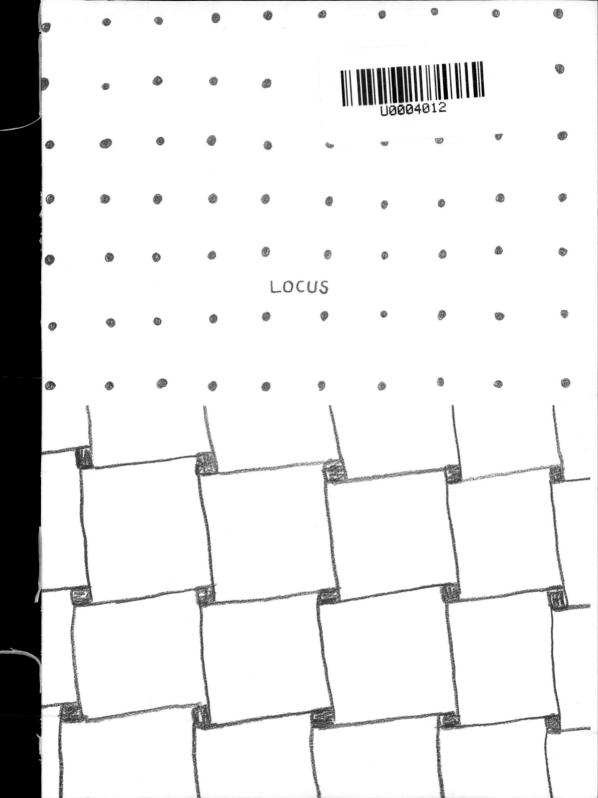

LOCUS

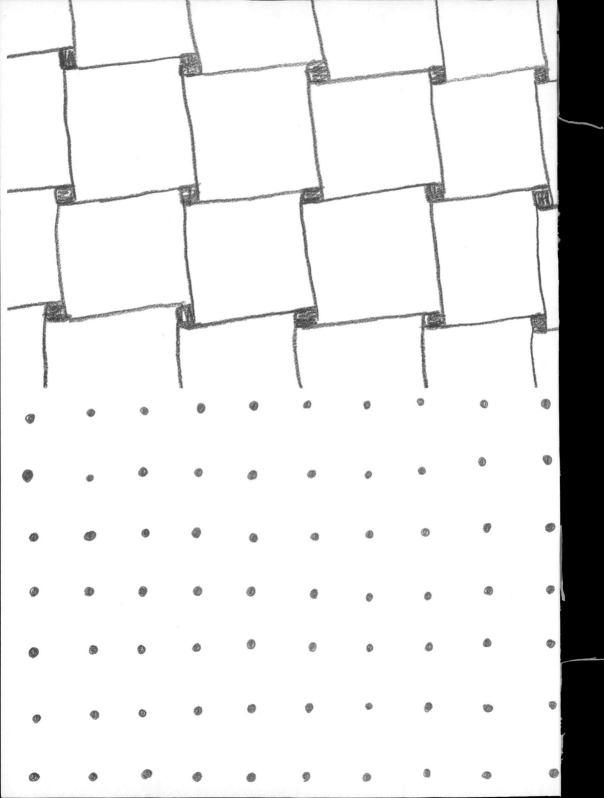

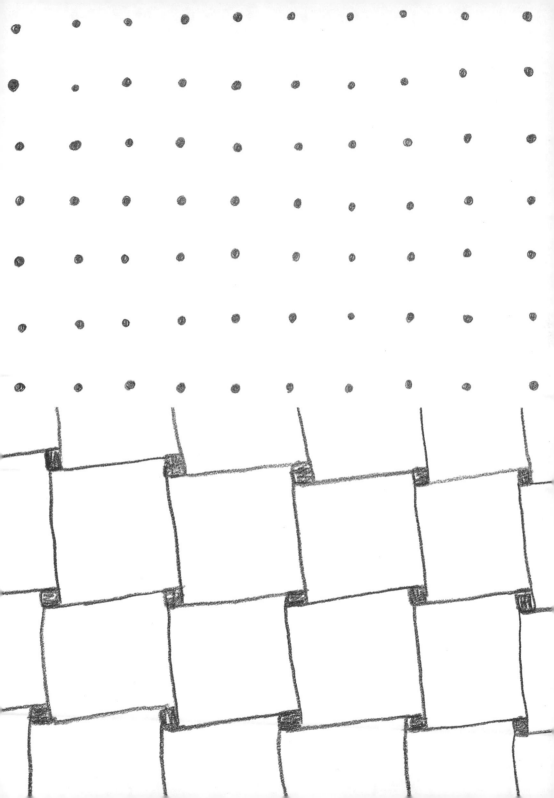

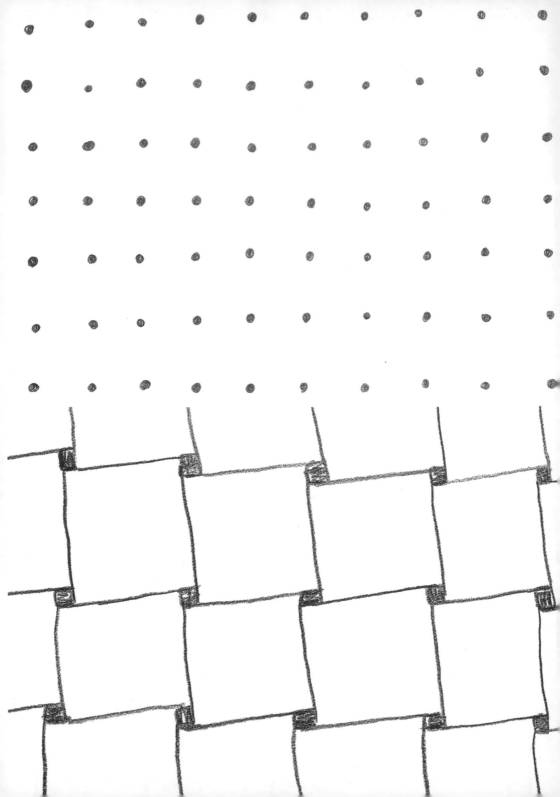

2007.8.8 撥撥

2006.10.29 小小橘

三十歲以前，我有很多很多小小的夢。

有許多貓不是我的夢，但有一間陽光充足的工作室是。
蓋房子不是我的夢，但是開一家小店是。
照養植物不是我的夢，但院子裡有一棵樹是。
認識很多人不是我的夢，但「理解人和他們過的日子」卻是。
開店賣東西不是我的夢，但設計商品是。

要貼近或實現那個「是」，也就不得不靠近或成為那個「不是」。
那些「是」與「不是」在生活中交錯、交錯、交錯，
一不留神，成為伴隨「小小的夢」織成的故事。

貓在我帶食物來的那天出現了。
樹在房子快完工的時候堅持種了。
許多人在不停溝通間認識了。
陽光充足的工作室在房子落成的那天成真了。
小店在東西都擺好的那一刻開張了。
為了繼續設計商品，我就這樣開店賣東西了。

回頭數日子，所有的夢其實就在不經意間一天一天、一點一點現身。
我們的心是一個基地。等夢孵化的美好基地。
撥撥橘不只是撥撥和小小橘睡在青楓樹下的那個空間，
也是我一個個小小的夢的地基和天窗。
每天陽光照進來，日日美好。

2011.4.19 罐罐、本東

獻給我的父親李薦宏、母親詹淑姜
謝謝Wen、李先生、燕玲、金先生
大的說：「你們這種（創作）人應該都是腦子（醫學上）有點問題。」我想，也許，是對的。

Catch 177

撥撥橘日日美好 李瑾倫／圖‧文 責任編輯／繆沛倫 特約編輯／王安之 美術設計／李瑾倫 美術編輯／何萍萍 法律顧問／全理法律事務所董安丹律師 出版者／大塊文化出版股份有限公司 台北市105南京東路四段25號11樓 www.locuspublishing.com e-mail:locus@locuspublishing.com

讀者服務專線：0800-006689 TEL:(02)87123898 FAX:(02)87123897 郵撥帳號：18955675 戶名／大塊文化出版股份有限公司 總經銷／大和書報圖書股份有限公司 地址／新北市新莊區五工五路二號 TEL:(02)89902588 FAX:(02)22901658 初版一刷：2011年7月 協力出版／高雄市政府文化局

定價：新台幣280元 ISBN 978-986-213-264-7 Printed in Taiwan 版權所有翻印必究

撥撥橘
日日美好
李瑾倫

工地主任練習

貓在我帶食物來的那天出現了

「我的」工作室

晚上十一點，問大的要不要一起走去「我的」工作室感覺
一下，他說好。

那是一小間房子，掛著「售」。每天牽狗散步來散步去，
走過第一百遍的時候，它彷彿已經是我的工作室了。

我興高采烈，一路上像個導遊。

「你看，早上我就這樣走出來，牽著一隻狗。」我說，腦
裡浮現大家都興高采烈的臉。

不到一分鐘時間，我們走過一家賣好喝咖啡的咖啡店，「
然後，你看，很快，我就走到這裡。我可以到對面買一杯
咖啡。」

他點頭，我們看了一下紅綠燈，過了路口。

接著彎進巷子。「你看，好近。」我強調。

「這巷子很安靜、很單純。」再補充。

「嗯。」他說。

「你看！你看！到工作室了！」

我興奮的邊說邊稍稍加快了我的腳步。

那是兩棟很舊的磚造宿舍，斜斜的瓦片屋頂，樓上樓下開
著四四方方的大窗。不久之前，分別貼著「售」，現在
「售」的布條紙牌都撤下了。

一間沒上鎖，另一間則忘了關燈，燈一直亮著。

日子在，
有夢在。

貓的練習

貓貓都有可愛的鼻頭，
鼻頭有許多顏色，好像人有
不同膚色一樣。
牠們都有眼線，
大家都畫得不一樣。
還有，我最喜歡看牠們的
「髮型」，每一頭都不一樣。
但是，貓好難畫啊。

不過我很確定的是，兩間房子都還在賣。因為我在忘了關
燈的房東來掃房子時，恰巧路過碰見。他起先很防備，懷
疑我是仲介公司，終於給我聯絡電話，卻被我弄丟了。
我只好天天照三頓來看房東有沒有出現。

在亮燈的那戶外往裡頭張望，接著在門沒鎖的那戶試著開
開門。然後我們站在房子正前方，欣賞房子的正面。

2006.1.26 貓不知名

那天，我忽然知道
貓愛愛牠的人。

「我可以看到有人要在這裡認真工作了！」他忽然宣
布，並對房子做了一個「請登上寶座」的手勢。
「哪一間？」我問，因為我們只能選左一間或右一間。
「右邊。」他說。
「我覺得左邊比較好。」我說。

圓圓躺在陽光下。

在「未來」前面感覺

喬安要把信修從動物醫院牽回家，我問她，可不可
以跟我去看一下房子？喬安是剛從學校畢業的小學
老師，她每天下課後替信修的主人牽信修散步。
信修是一隻漂亮的大狼犬，我們都很喜歡牠。
喬安牽信修、我牽我的圓圓，我們一路散步過去。
我一路瑣碎的解說很多餘。

小貓的表情真的
很難畫。通常牠們的
臉是有一點點矜持微笑的，
矜持微笑卻又有點稚氣的。
差一點點，就很容易地
矜持畫成憂鬱。

我老說「這邊」、「那邊」、「這裡要彎了」。
我還說「你看，就是這兩間」、「這家房東我有遇過」、
「那家房東是自己賣的，因為我看過張貼的紅牌寫自售」、
「你看，那家門沒鎖」、「這家燈沒關，他們好像在修房子；
那家都沒人住」、「你覺得哪一邊比較好」。
我們牽著狗在外面看房子，望著房子大大的窗戶。
我又去開著燈的那戶，從外向裡東張西望。
信修一直要去找圓圓，圓圓一直對信修發脾氣。
我又去開開看那家沒上鎖的門。
有點手忙腳亂。

去上買縫紉機
送的課，車一條
直線卻一直卡線，
好灰心。

送去給車布邊的車
一件才15元，我怎
麼這麼想不開。

倒是買了一把
剪布的剪刀，
很高興。

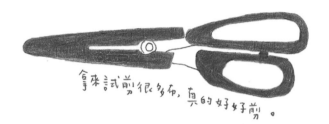

拿來試剪很多布，真的好好剪。

信修家在隔壁巷，我叫它「信修家的巷子」。

「信修家的巷子」和「我工作室的巷子」，現在是我最喜
歡的兩條巷子。這裡有一些小房子小店，悠閒而溫暖。

因為有伴一起，膽子就大了點。送信修回家後，牽著圓圓
我們走進沒上鎖的那扇門。

天花板因為滲水翻花，裡頭還有一張沙發和桌子。大窗戶
從裡看更大，都拴上了。打開一扇窗看防火巷，堆滿廢棄
的磚頭還有一個空狗籠。喬安也進來了。

在裡面「感覺」。

挖不完的馬路。

「怎麼樣？」我問，我的手臂不知被什麼咬了，很癢。

「做工作室很好喔。」她說。

突然我看到地上棄置著以前賣房子拆下的紅紙板，上面寫著電話號碼。

「你看，是電話號碼！」我很興奮。

拿出手機把號碼記下來。

離開前，喬安指著牆上掛的月曆說：「你看，那麼久沒人住了。」

真的，日期留在1996。

屋頂上要不要種草？

收到一本雜誌，重點是這雜誌裡
頭，有張斜屋頂的鳥瞰圖。屋頂
上開了兩扇大天窗，天窗裝有白
紗似的窗帘，還有一個煙囪突出
來。除了天窗與煙囪，滿屋頂種
了兩三種花草，綠綠的橘橘的紅
紅的。

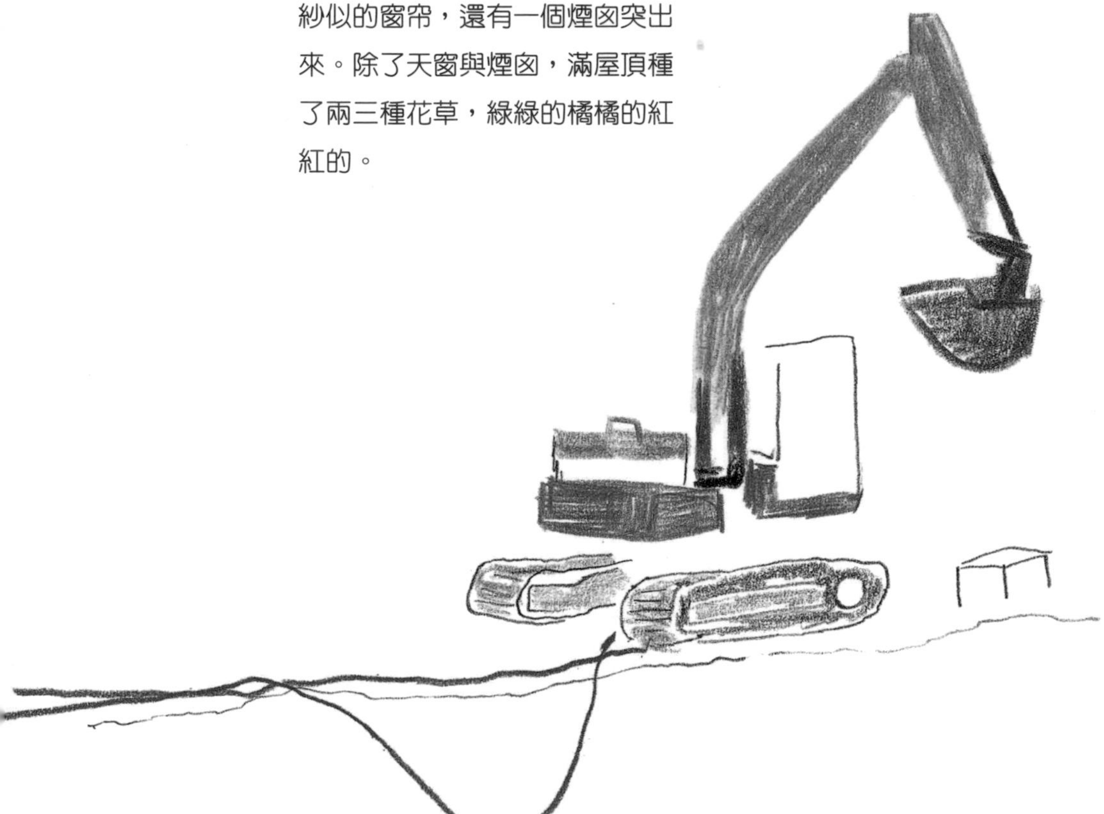

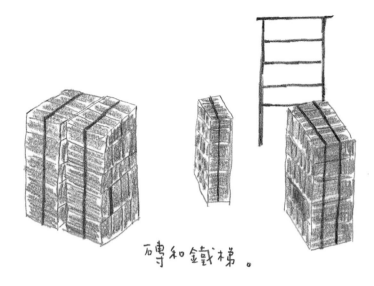

磚和鐵梯。

再仔細看，那是一個格子狀的屋頂，那感覺就像你把籬笆平平擺滿一屋頂的話。

日本電視節目報導在神戶大地震後重建的房子，當中有一間二十坪蓋成兩層樓的斜屋頂磚房，最讓我目不轉睛：那屋頂植滿草皮，遠看在一堆房子裡是那麼與眾不同，綠綠的好美。

設計師女主人說，當初設計裝置草皮費了一番周折，考量各種細節像是屋頂的載重、水的疏流、如何澆水、如何維持與日後如何保養屋頂等等問題。

無論如何草皮真的種了。

種滿草皮的屋頂讓她們家冬暖夏涼。

電視節目裡，我看到她與女兒躺在草皮上享受夕陽、女兒與同學在屋頂上野餐、她們向路過好奇或熟識的鄰居揮手打招呼，還站在屋頂上澆水。

真是太神奇了，我真想要一個有草皮的屋頂。

那條巷子裡，就我的那家綠綠的涼涼的。

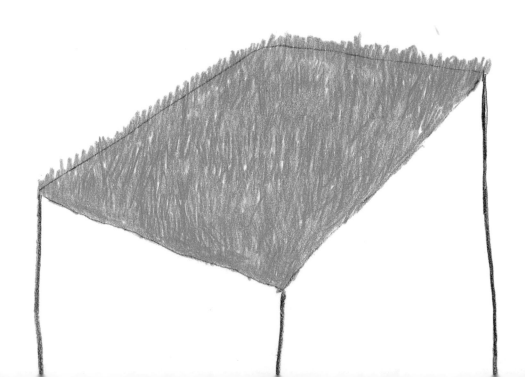

沙石車的頂上原來有一層可以捲動的紗網。

「那一定會有很多問題。」大的說。

「設計得好就不會。」我說。

「到時有問題要重新翻修，太麻煩。」他說。

「說不定會有蛇？」我開始變得聰明起來。

「電視上有沒有教你怎樣除草？」他問。

交屋填文件的那天，我由衷和仲介說：「可不可
以跟原屋主說一聲，我真的很喜歡這裡，我會好
好使用的。」

仲介頓了一秒，友善的跟我微笑，「藝術家都會
這樣說的啦。我跟你說，生意人都比較聽不懂這
個。」

房子拆掉了。
師傅用瀝青
把與鄰牆的
破石專處抹安甞
起來。

站在空曠處,
和老房最後的
靈魂一起呼吸。

「是」與「不是」在生活中交錯、交錯、交錯

2007.3.9 「工地主任」

牠才是老大

我第一次認識「工地主任」是牠衝進來打巧虎，準確的說，是「用拳揮打、咬追」這幾個動作發生的時候。牠好兇，沒有一隻貓不怕牠。

那天我坐在無人上工的工地，看到本來平靜排隊吃飯的貓開始不安轉頭，就猜到大概是「工地主任」來了。

大家應該要和睦相處，我決定要站起來管理秩序，「喂——！」我拉長音叫牠。沒想到牠忽的停住，轉頭向我瞪著，咧嘴、齜牙「赫」了一聲。

牠兩個眼睛瞪得超級大和專注，應該是非常不爽。

我又自以為威嚴的斥喝牠：「工、地、主、任！」

牠根本不知道牠叫這名字，但這是我第一次叫牠，而且我們是大小眼對瞪，我認為牠應該要知道我叫誰。

但「工地主任」不但加強嘶嘶赫赫，還索性整個身體轉過來。

忽然我有點膽小，但還是繼續把句子講完，

我說：「你幹麼？不可以打架！」

牠更氣了，接著竟移動腳步向我的方向。

情急的我用腳跺著地，說：「你幹麼！」

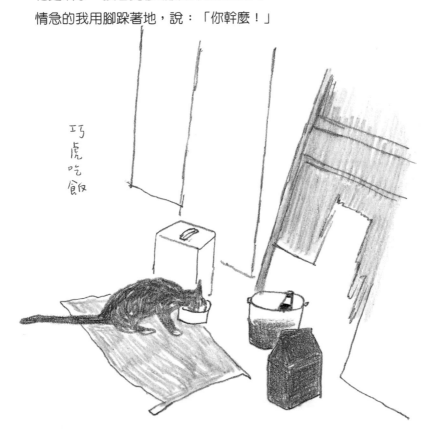

巧虎吃飯

牠一點沒有要離開的意思，又往前移動了一步。
急急拿了地上的一枝棍子，「康康康」敲打著地，邊敲邊
用最兇的樣子與聲音說：
「走開！你再過來試試看！」
牠不怕，繼續瞪我。
我更虛張聲勢的「康、康、康」用木棍敲打地。
因為我一直嚇牠恐嚇牠，牠瞪我很久才離開。

坐在倒扣的空桶子上，對於我這麼大的一個人怕一隻貓，
覺得很不可思議。

師傅把地都掃乾淨了。
新抹上水泥的牆，摸起來
冰冰的；空氣聞起來涼涼的；
桶子、掃帚、紗網雖然
辛苦工作一天，但因為被
清洗得很乾淨，看起來
也舒服、清爽，已經得
到休息了的樣子。

一直工作的攪拌機.

免費的課

下午去大賣場買漆,一扇烤漆拉門因為不堪小狗長期抬腿尿尿做記號,已經開始生鏽變色了;意外的現場有油漆DIY課,就聽了一下。

以前都不知道什麼叫壁癌,今天我問老師了,原來壁癌是漆好的牆會粉掉或一片片像雪花一樣掉下來,或像起大水泡一樣一個泡一個泡鼓起來。動物醫院裡的牆好像沒有這樣,不過印象中台北的家好像有。老師講壁癌的上漆處理,先整理壁面,用粗砂紙或鐵刷細心的將「壞東西」磨下來,然後這個那個、那個這個很多道我記不起的工續,最後再漆上好漆。這前後反覆折磨,要花四、五天才會完工。

空桶等著被分配工作。

這個免費開放的DIY課很好玩，聽課的人不多，但都很認
真，都問了問題，比如說：「水性、酸性或中性矽膠什麼
時候要用？」或問：「砂紙機除了磨牆還可以做什麼？」
（果真認真考慮實用性）當我問壁癌問題的時候，旁邊的
婆婆媽媽學員都搶著替老師回答，好厲害。

兩片鐵皮闔起來加上一個栓，
就是一道門。門裡沒有干擾，
對貓兒來說，就是一個家了。

免費的課，有種要讓它更超值的心態。當老師介紹紙膠帶
的時候，我加問了一個問題：「為什麼每次紙膠帶撕下來
都不整齊？」（我用手比了許多小山峰的線條）

老師說，紙膠帶是為了清楚界限貼的，所以油漆刷到紙膠
帶時輕輕帶過就好了。紙膠帶撕下來以後，漆面會掉落或
是不整齊，是漆得太厚了，才會被膠帶一起撕了下來。聽
完課我還認真寫問卷，得到一個小工具組。
小高興的。

木造用來灌漿的板模拆除了。

我問師傅每次拆下板子會不會很有
成就感，他想了一下說：啊啊就是如
果以後經過會想這是我做的這樣。

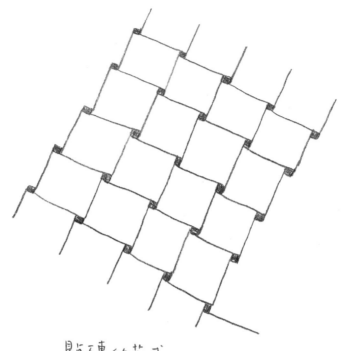

貼磚的花式。
師傅的腦子裡應該都有
　一台切割空間的電腦。

傍晚去看李先生留在工地給我們看的「採石樣」。如果要
做洗石子外牆需要挑石子的組合，石子顏色深淺會搭出不
同的色系，可以很深可以很淺，可以偏黃灰也可以灰白灰
白一團花。
貼好比例的洗石子樣板，我摸著感覺著，覺得很奇妙。

師傅的車子就好像我的
抽屜，永遠都有擺不整齊
的工具。

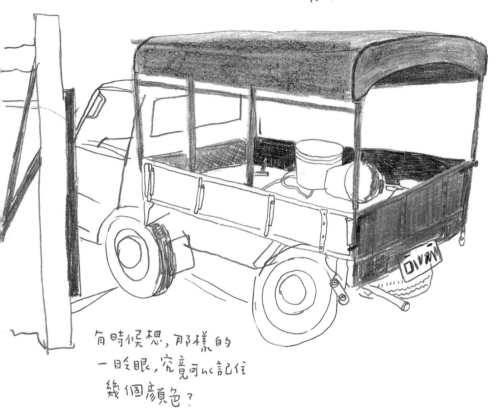

有時候想，那樣的
一眨眼，究竟可以記住
幾個顏色？

然後水電氣呼呼說他的工具被偷了。

地上還有許多可賣錢的鐵筋，工人趕緊將鐵筋搬到不容易
移動的角落放好。

小爹貓從兹隔鐵皮屋
屋頂冒出頭看

的確是擾鄰

鄰居大姊說蓋房子把兩家中間原本的牆打掉了，
她不希望從此她家的房子直接連接的是工作室的房子，如
果是這樣，她很沒安全感。
還有希望工人施工的時候不要侵犯她的領空。
「說什麼外行話，」我聽見工人說：「難道叫我們不要踩
鷹架用飄的喔。」

無論如何，她似乎很容忍也喜歡住在後院加蓋鐵皮屋的小
貓，這讓我很放心。

吊車的大腳卻穩穩的
踏緊在地上，吊車的
車輪竟然安心的
　　一點點懸空了。

不公平   改線。

我很想替「工地主任」結紮。

trap、neuter、return，捕捉、結紮、放養。

一隻街小貓能活多久？希望每一條街都有帶著微笑的剪耳
貓在牆上曬太陽。

我其實一點也沒勇氣到外面大聲疾呼理念，我只敢安靜的
和這些進到工地鐵門裡的毛小孩建立感情。

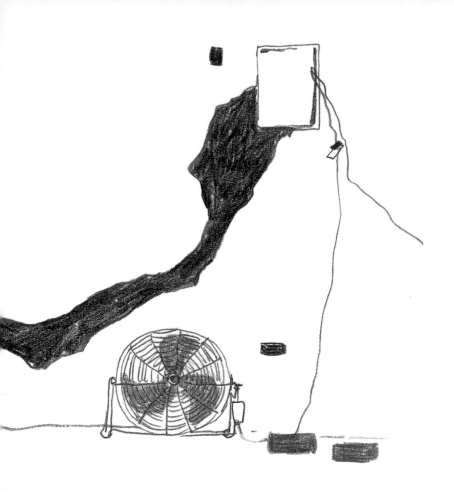

「工地主任」來的時候，我繼續斥喝牠不要咬別隻貓，但牠早看破我的斤兩，不大理我。只要牠來，就沒一個敢吃東西。

我觀察牠耍威風的行徑，想著如何先讓大家吃飽，接著在貓的誘捕籠裡放好吃的罐頭。工地蓋到二樓，還沒有好爬的梯子可以上去，但因為「工地主任」很喜歡上去，我想那是個放誘捕籠的好地方。

作冰練習

畫貓比畫狗容易感覺挫敗，
因為牠們的表情真的
很猜不透。

沙盤推演，一切都進行得很順利：先餵飽小貓、把誘貓籠
和罐頭提上只有木爬梯可上的二樓，一條又大又厚的毛巾
在旁邊備用，然後離開。

傍晚下起雨來。
二樓沒屋頂，晚上十一點和大的一起回到工地，一手撐傘
一手爬梯，果然「工地主任」已經在籠裡面，看到我生氣
得撞著籠子。趕緊將毛巾蓋上，隔著布提籠子以免被牠的
利爪抓傷；想自己對牠用了不正大光明的方法。

對其他的小貓，我從來沒這麼想過。

許多人在不停溝通間認識了

很軟,隨時變換徇的耳朵

養貓會生蚊是什麼道理?

在隔壁教會旁邊放兩個碗餵小貓吃飯,但有一次被趕。
有時候會希望自己是「別人講了你,你還能微笑面對大方解釋」的那種人,但偏偏不是。被別人一說,臉就苦了下來。

心裡練習了幾遍,想「如果這件事我覺得是對的,就要努力去做」,所以再有一次要餵的時候,一個人跑來叫我不要再餵小貓,我(試著)微笑跟那個人說:「這些小貓以後大一點,我都會帶牠們去結紮的。」
那個人聽不進去,她說:「這樣貓會在這邊住下來。」
我說:「住下來沒關係,因為牠們都結紮了,就不會再生小貓。」她又說:「哎呀,這邊貓太多了啦。」我說:「不會啦,貓結紮以後就不會越生越多。」她說:「哎呀,不要餵不要餵,很多家長都跟我反應,因為這些貓(環境)生很多蚊子。」

2007.2.20 小橘和小小橘

半年後，
不管對小橘或是我，
這天成了永恆。

在我的心裡並沒有練習過蚊子這一段，不知怎麼回答，我們的對話忽然就結束了。

我收收盤子，苦著臉，撤出這個游擊點。
其實我最想說的是：「牠們在外面生活，到底會不會平安過一年都不知道，你讓牠們吃頓飯會怎樣？就算幸運活久一點，十年好不好？這十年你到底會用這個圍牆幾次？」

誰都可以蓋房子

想像要從哪裡進門、哪裡上樓、哪裡坐下、哪裡走路？哪
裡工作，哪裡睡人？哪裡喝水，哪裡聊天？哪裡發呆，哪
裡和狗玩？
有陽光嗎？有風嗎？有樹嗎？

坐在電腦前琢磨。
我們因為需求而發現空間，因為利用空間而產生建築。

撥撥，
連睡個覺
都小憂慮的臉。

困不住

想要一棵樹。

工人神祕兮兮跟我說：「你還是要請個老師來看比較好。」

「為什麼？」我問。

他在手心寫了一個字給我看，是「困」字。

他說：「屋裡有木就是困。」

我說：「不會啦，你放心，我是在屋外種樹不是屋裡，所以困不住。」

是夜光遊樂園

雨下得很誇張，大家努力在清工地的垃圾的同時，
我也努力把貓碗移動到不會淋溼的地方。
雨幕中瞥見，已經有貓守候在工人的機車旁。
我知道只要等人一離開，牠們就會一個、一個溜進來玩了。

我伸手拍著灌漿的水泥牆與柱子的時候，還是有一種不真實感。不真實感來自於「這些原本都是不存在的」。

營造李先生很有耐心跟我詳細解說地基，「獨立基礎」和「閥式基礎」有什麼不同。「閥式」是用鋼筋綁成連續結構，理論上，比起獨立基礎，地震最多會將房子扭曲，卻不容易將這樣的結構解構。

如果比喻為造船，
房子是船身，閥式地基
就是很堅固的船底。

船底做得穩，房子就穩了。
拍拍牆面的時候，好像這牆柱是我的朋友，
有一種很了解它的感覺。

想畫工地裡的
腳踏車。

工地裡的腳踏車,有時候載
著飲料、有時候裝著食物、
有時候塞著垃圾,但有也有
些時候藏著一隻貓。

一個出水口。
想像以後怎麼在這裡
洗臉洗手。

空間這東西很奇妙。一塊空地完全沒有規畫的時候，前前
後後差不多十步就走完了。我們說：「這個地方真小。」
等空間被規畫出來，我們說：「這地方還不小。」

工地腳踏車的
朋友們。

在一樓留了一個空間，我總說：「以後要開小店。」
工人說：「李小姐，你真的要開店喔？」
「什麼店？」朋友問。
「有咖啡的早餐店，希望早上六點就有咖啡香。」我說。
「誰煮？」大的問。

釘子散落在地上，
表情很利。

看到巧虎身手俐落，硬是要爬走那個垂直貫通上下層樓的
管線間，一邊念牠又覺得牠很可愛。和人不一樣，貓走路
很輕，即使地上總是散落著許多危險的小五金，牠們小小
的腳掌就這麼撥著、踏著，走過去了。
比起牠們，人要穿鞋子還要做許多保護，顯然就是脆弱和
嬌貴許多。

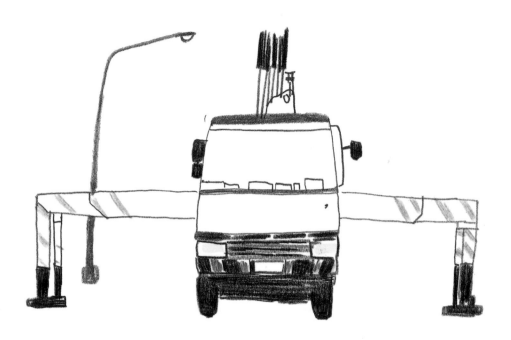

從來我對車子沒有很大興趣，
但是當我有機會這麼理所當然的
站在工地看它們工作的時候，
忽然發現這些工作車很有趣。
那些掛卜在車邊的小鏡子、安全的
標示、像螃蟹一樣可以折的
機械手臂，車與車之間還可以
互相支援。

比起其他建材，
木頭看起來好憨厚。

「沒有做以前都可以改。」這應該是給雇主的叮嚀守則。
所以，每天在工地裡走了又走想了又想，就希望及早發現
那個「沒有做卻已經知道要改」的地方。

水電敲著牆，他臉曬得黝黑，說：「你們畫一根線二十
秒，我們一改就是兩個小時。」

相對於畫圖，
眼前的建築骨體，
並不是拿橡皮擦說擦
就可以擦掉了。

竹掃帚，篩網，斗笠
和水泥

什麼兜

面對那種說「都可以做」的廠商到發現「其實根本不是他們
在做」，我領悟到這個世界上專業固然很重要，但是勇氣更
重要。只要你拋得出需求，就有人敢接下需求。
拋得出。
接得下。
所以工作鏈就產生了。
忽然我也很想開公司，開一家「什麼兜設計公司」：「只要
你拋得出，我就接得下！」
勇氣戰勝一切。

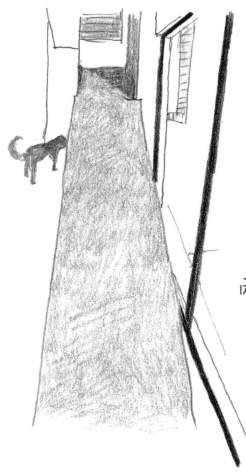

兩個師傅抹著斜坡道
的水泥，看我走進來，
邊笑邊看我一眼，然
後當中一個師傅
開口問我：
「阿李小姐聽說
你這個要做狗狗的
殘障坡道係金吔嗎?」
　　　（是真的）

因為可以玩，
我們就玩起來了。

小橘 和 小小橘

師傅砌磚砌得很整齊。
試著要把整齊的磚畫下來,
卻是一點耐性也沒有。
原來,如果沒有特別需要,
隔間牆通常都是一塊磚的厚度。

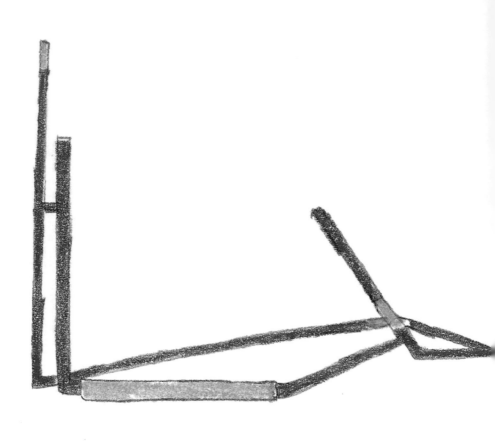

化糞管

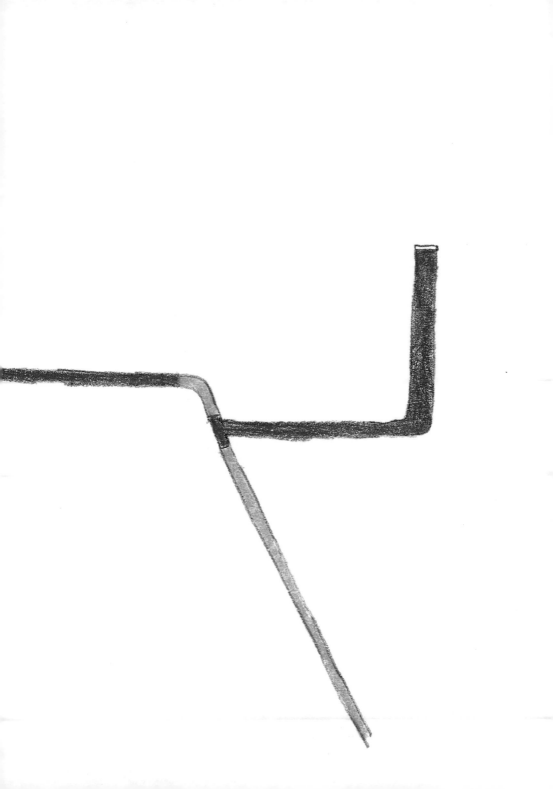

只在夜間開放的「無人的夜光遊樂園」在師傅抹牆時鑽出一隻扭動的蟲之後就被迫關閉了。
防水帆布保護著沙堆。

問李先生：
「你想什麼時候可以完工？」
他想了一下：
「應該是五月。」

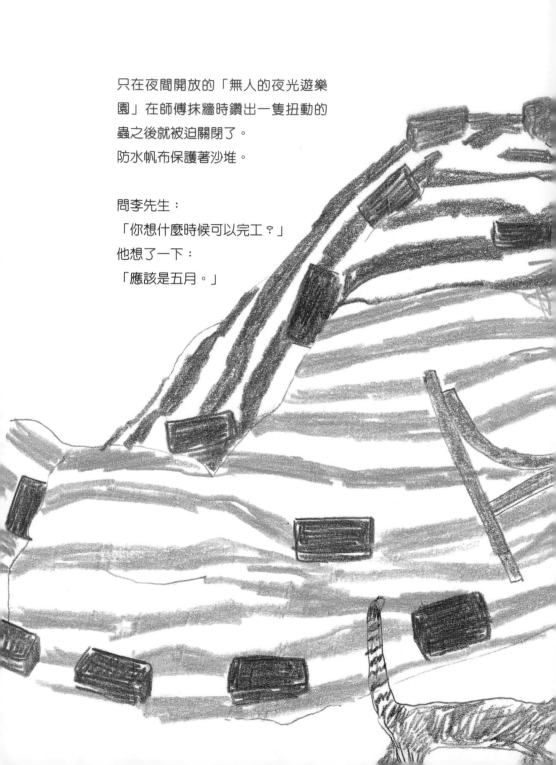

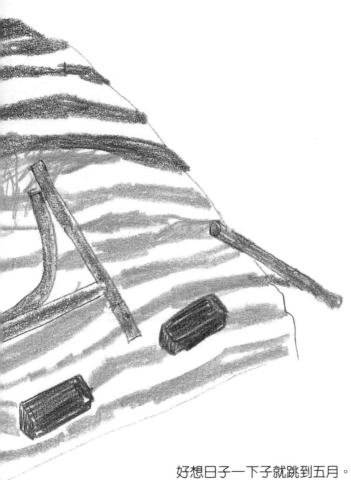

好想日子一下子就跳到五月。
跳過細節、跳過等待、跳到直接可以
坐享其成的、所謂五月。

這地方沒有牠們就寂寞了

建構一個空間以前，
我們是不是要先想，
希望怎樣的生活？

工作室外的廚房先前被我漆
得一條綠一條白，漆完不滿
意也沒力氣改了。

最近喜歡黑灰調，難道是一
直和水泥很親近受到影響？

原來所有的門窗
都有迷你樣品。

工地滿滿碎石、紙屑、
小五金、枯枝、破瓦。
真的,
要經過最破壞的,
才會到達那個最美的。

沒有什麼地方
蕉佳得倒工方虎。

竹筒飯館

胖橘色練習

今天的陽光用燙的。
天氣比較涼的話, 筆生密
身尚花陽光可到的花缸工裡
睡覺, 但今天牠就換了
位置。

筆生密用一種很可愛的
姿勢睡著了。

巧鹿睡到
不知道我上樓。

問他外防鏽的方法，找到
原來外面的電線桿
都有一層防鏽的
處理叫做「熱浸鍍鋅」
銀色的那個。

就是把要防鏽的鐵
浸入攝氏幾千度的鋅液。
户外的梯也想做防鏽
處理，所以去做熱浸鍍鋅了
高溫讓鐵變形了。

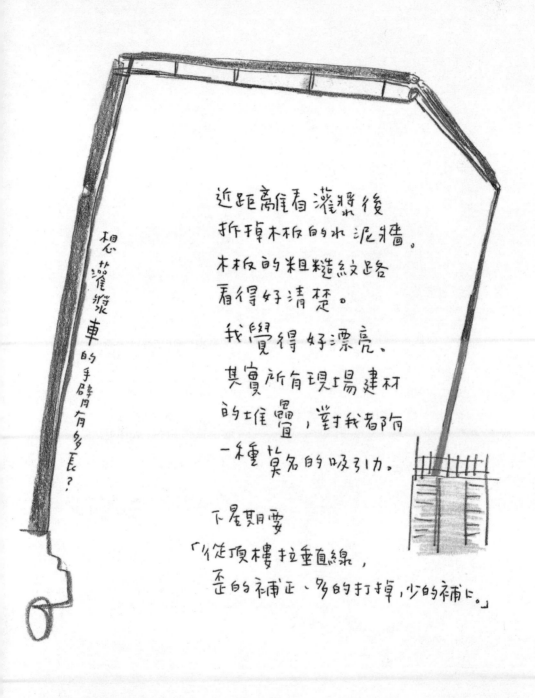

想 灌漿車 的手臂有多長？

近距離看灌漿後
拆掉木板的水泥牆。
木板的粗糙紋路
看得好清楚。
我覺得好漂亮。
其實所有現場建材
的堆疊，對我都有
一種莫名的吸引力。

下星期要
「從頂樓拉垂直線，
歪的補正、多的打掉，少的補上。」

爬上頂樓，發現和鄰居
離住得好近，應該番羽牆
就可以過去。

他們也是番羽牆就可以過來。
清晨萬一遇到鄰居，就
在了頂樓一起做早操吧。

撥撥的表情總是
有一種堅持，很圓很
漂亮的臉，貴氣的毛色。

撥撥練習

_____from

THE BED OF
PROCRUSTES

黑天鵝語錄

隨機世界的生存指南，未知事物的應對之道

Nassim Nicholas Taleb

席玉蘋 譯

黑天鵝語錄
隨機世界的生存指南，未知事物的應對之道

杜紫宸（商業發展研究院副院長）
邱文仁（職場專家）
胡忠信（歷史學者）
張天立（TAAZE讀冊生活暨博客來創辦人）
楊照（新新聞週刊總主筆）
楊應超（巴克萊董事總經理及首席分析師）
詹偉雄（學學文創志業副董事長）
趙藤雄（遠雄企業團董事長）
聯合推薦（依姓氏筆畫排列）

本書爲現代經典《黑天鵝效應》作者塔雷伯的警語錄。透過這些如珠妙語和思想結晶，他以最令人拍案驚奇的方式呈現出自己的中心思想。原文書名《普洛克拉斯提之床》（The Bed of Procrustes）取自希臘神話：普洛克拉斯提是一位國王，爲了讓床符合客人的身長，把太高的人雙腿截短，把太矮的人身體拉長。故事聽來不可思議，在塔雷伯看來，卻正是某些現代文明發展的縮影——改變人類行爲以適應科技、將經濟危機怪罪於現實與經濟模型不符、發明疾病以utilisateurs更多藥物，甚至要大家相信受僱於人並不是當奴隸。嬉笑怒罵兼而離經叛道，這些警語有助你看清現實，擺脫錯誤的觀念與印象。塔雷伯以他一針見血的機鋒和大智慧，將勇氣、優雅、博學這些經典價值觀與現代的迂蠢、庸俗、虛假等弊病對照在我們眼前，爬梳了人類的種種幻覺。

作者 納西姆・尼可拉斯・塔雷伯（Nassim Nicholas Taleb）

把最多時間花在遊手好閒上，在全球各地的咖啡館裡沉思冥想。擁有華頓學院（Wharton School）的企管碩士及巴黎大學（University of Paris）的博士學位。做過交易員，現於紐約大學（New York University）任特聘教授。著有《隨機的致富陷阱》（Fooled by Randomness）和《黑天鵝效應》，後者盤踞《紐約時報》（The New York Times）暢銷書榜一年有餘，儼然已成爲文化業、社交圈、知識界的一個試金石。

定價220元

愛國賊

賣國賊人人喊打，
但愛國賊卻是偷偷把你賣了，你還大力支持他

「賣國賊」，這我們耳熟能詳；但「愛國賊」呢？「愛國賊」是「為愛國而賣國的人」。「賣國賊」和「愛國賊」的相同點同樣在於損害了國家利益；而不同點則是其言行的主觀出發點——倒底是賣國還是愛國？

我們可以說，「賣國賊」比「愛國賊」更加惡劣。但不管賣國賊的行徑有多麼惡劣，它一向是少數，在一個國家裏面，絕大多數人不是「賣國賊」。與此相比，站在歷史的高度、現實的深度以及未來的長遠角度來看，自以為是個愛國主義者，卻成為實際客觀上賣國的人——「愛國賊」的數量不僅不少，且規模龐大。

至於「愛國賊」行為的角色主要是哪些？政客、記者、作家、學者、明星、軍人、運動員、官員、精英分子、知識份子、企事業單位從業者、政府機構從業者，甚至是普通老百姓，都有可能成為「愛國賊」，而且，絕大多數的「愛國賊」根本沒有意識到或不知道自己是個「愛國賊」。這點確實很麻煩，這也是「愛國賊」氾濫蔓延，卻難以控制的根本原因。在一個正常國家裏，賣國賊不可能很多，也不會氾濫，但愛國賊卻有可能不少甚至會蔓延。對你我的影響不容小覷。

作者 加藤嘉一

1984年生於日本伊豆。2003年4月「SARS」高峰時來到中國，作為公派留學生到北京大學國際關係學院就讀本科，2010年7月碩士研究生畢業，現任北京大學朝鮮半島研究中心研究員。近年來於海內媒體撰寫時事評論，並參加電視時事評論、國際交流、同聲傳譯、跨國談判等社會活動，並撰有多本著作。2010年11月獲得「2010時代騎士」勳章稱號。

定價320元

白虎之咒

一段交織愛情與冒險的史詩巨著
今年暑假你絕對不能錯過的奇幻旅程

原文版書封,中文版書封製作中

上市不到兩天,即登上邦諾書店暢銷排行榜第一名!
首刷25萬冊,美國出版社Splinter重金砸下25萬美元
宣傳費!

電影版權已售出!

《白虎之咒》(*Tiger's Curse*)在2009年由美國出版
社BookSurge Publishing出版平裝本時,已大獲好
評。這是作者科琳·霍克(Colleen Houck)的第
一本書,其亞馬遜網路書店的電子書kindle版本也
有傲人銷量,讓她躋身青少年Kindle讀物銷售冠軍
的作家。2010年1月,美國出版集團Sterling旗下的
子品牌公司Splinter將於2011年1月隆重推出新版本
《白虎之咒》,並不惜砸金25萬美元的行銷費用宣
傳本書。

激情。命運。忠誠。你願意賭上一切,改變你的命運嗎?

這個夏天,十七歲少女凱爾西不會料到,自己將打破一個三百年的印度古
咒,和一隻實名為Ren的白虎,環遊半個世界。但這些確確實實發生了。

與黑暗惡勢力交手、令人魂魄顛倒的魔法,在一個所見都似乎不可能為真的
神祕世界裡,凱爾西甘冒一切的風險,試圖拼湊一個古老的預言,及可以
成功打破詛咒。《白虎》三部曲是部史詩般的奇幻浪漫巨著,揉合了動作、
歷史、史詩、浪漫和魔幻的精彩故事元素,讓你捨不得放下書,渴望讀到更
多。

作者 科琳·霍克(Colleen Houck)

在成為作家之前,科琳是一位嗜讀者。她喜歡的書籍裡,一定含有動作、冒險、
科幻,以及浪漫等成分。從瑞克斯學院(Rick's college,楊百翰大學的前身)取
得學士學位後,她接著到亞利桑那大學就讀,但入學不久便輟學,接下教會的工
作,並在教會認識現任丈夫。從那時起,她便有千奇百怪各種不同的職稱,如:
集團倡導者、甜甜圈灑糖霜女孩、中國廚房經理、沙拉吧專家,以及最近的美國
手語翻譯。此外,她還自認是製作大麥及大培根堡的專家。是的,你沒猜錯,
「Food Network Channel」是她最愛的頻道。她曾住在亞利桑那州、愛達荷州、猶
他州、加州和北卡羅來納州,現在則是永久定居在塞勒姆(奧勒岡州)。

下午 電視節目主持和來賓熱切討論著皮衣。

看著電視中一件件被拿出來比較價格高低,

討論著

毛皮花色

的「來賓」,

覺得真可恥。

把別的生命的

美麗穿在身上才能有自信的人值得同情。

巧虎身尚花我的車頂上,發僵。

從頂樓
終於看見
很想看的
　別外一邊。

巧虎，
小小橘，
小橘，
在隔壁姊妹家
的鐵皮屋頂
上睡覺。

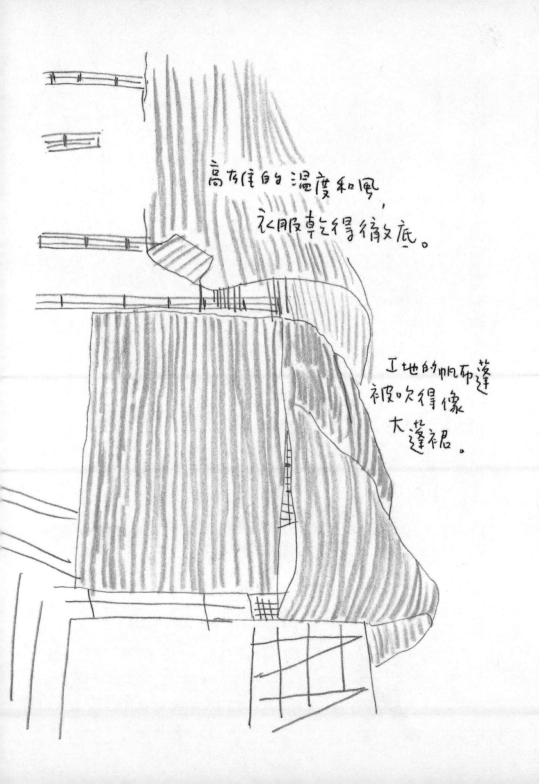

高友佳的濕度和風，
衣服乾得徹底。

工地的帆布蓬
被吹得像
大蓬裙。

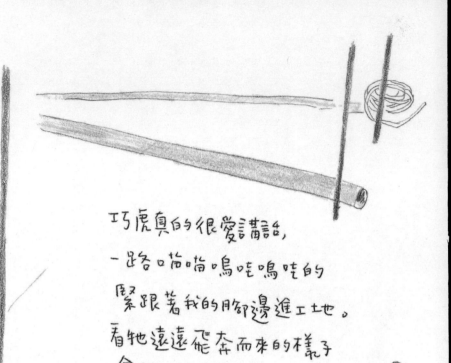

巧虎真的很愛講話，
一路喵喵嗚哇嗚哇的
緊跟著我的腳邊進工地。
看牠遠遠飛奔而來的樣子
會讓我錯覺這是一隻小狗。

撥撥躲在柱子後面偷看我。

把貓碗移到院子，
這樣晚上還可以享用月光。

有時候，巧虎聽到我的聲音，
會從樹上「跌」下來找我，那時候，
我就會把牠「掛」在胸前，一同走
一段路，我可以感覺牠的腿
溫啊溫的。

最難畫的是
　貓的眼睛

貓都愛箱子，
大箱小箱高箱矮箱，
最好還有孔的。
還有抽屜。
貓把躲藏的神祕感
　享受到最極致了。

灰藏花陶盆裡。

地板これこれ。

筆生窟

今天忽然有一個從沒見過的
阿婆出現在工地，拿著
塑膠袋撿拾地上的鐵絲
和回收品。她是一個奇妙的、
安靜的、緩慢移動的個體。

打在水泥牆上紅色的墨線，
　　　　非常美。

工地主任練習

認識陽台的閃電尾五年，
　　今年牠才開始跟我說「喵～」，
不多不少，每次都只有沙啞緩慢的
　　　　　喵喵兩聲。

去隔壁教堂前看巧虎變成
每天必做的功課之一.
　　巧虎附近一定還會跟著黑
　　　　　珍
　　　　　珠。

好像有一隻母貓
懷孕了。

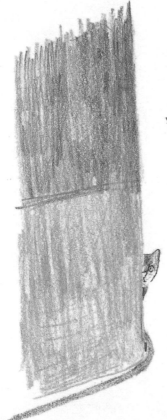

撥撥聽到我來了，一下子就從
對面社區飛跑過來，
靜靜的、三步距離的，用觀察我的、
有點喜歡我的眼神迎接我，
有時候還要裝作不太在乎。

不管怎麼畫，都不能
畫出牠們真正的可愛。

難得陰雨。

貓飯館要淹館了，
趕快移到有屋頂的地方。

天氣一下就回到
非常高危的溫度，
顯然這裡的人和天氣
的確是相符合的，
很熱，都不太拐彎抹角。
天氣與人個性的生成
也許真的很有關係。

現場看到
新工具：
搬運石頭的
板車、
運沙桶。
石頭綁在絲繩上要抓垂直線。
身體伏得很低看散落的碎石，
大大小小平均又不平均的散佈，
每個石頭都有一種等待升復的表情。

在垂的木板上
掉落了一張撲克牌

該掛病號的腦神經

不是真正精準鋼板灌漿的清水模,這只是一棟不想再多加
貼磚或是粉刷的房子。喜歡原色,甚至工人留在小地方的
一些數學計算式,我都想留下。
泥做文仔師傅為難的站在中庭。
他在想怎樣跟我解釋人工的水泥粉光會留下的痕跡,還有
風吹日曬,水泥會出現的「雞爪痕」。
李先生和文仔師傅苦笑著。
「藝術家眼光不一樣啦。」
這是結論。

院子裡的
泥巴水。

似乎很頑皮。

不苦

在這個基地，我們都需要很多耐心。

耐心等這個來、這個去；耐心等人、耐心講人；耐心丈量、耐心堆砌；耐心想、耐心檢查。

耐心需要隨時都在，細心要緊緊跟著耐心。

工地的人都很會說笑話。

調侃一下別人也不會忘記調侃自己。這時候，本來摻雜在耐心與細心裡面的苦味，就暫時消失了一點。

師傅的午睡床。

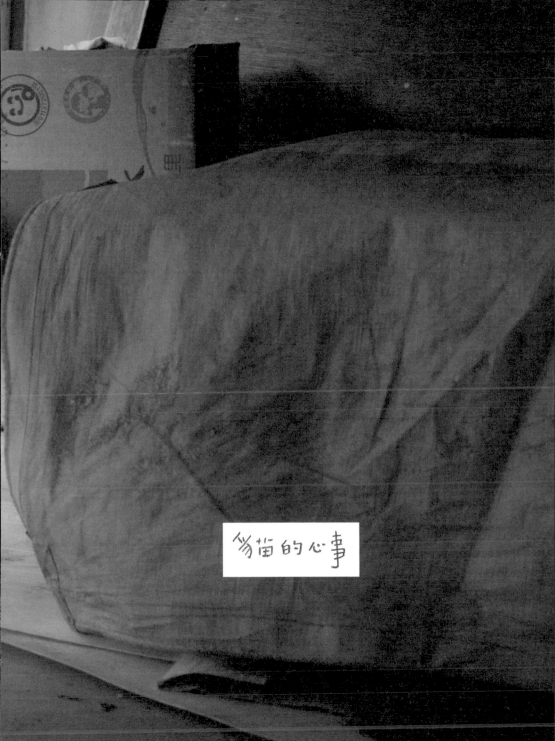

爸爸的心事

巧虎

貓裡面只有巧虎喜歡跟著工人做事。人敲槌子牠就拍槌子，中午吃便當牠旁邊聞飯香，「巧虎！」「巧虎！」工人或師傅沒一個不認識牠。

認識巧虎的時候牠才一點點大，掛在樹上睡覺。是在隔壁打籃球的小男孩帶我去找牠的。

我那時在找的其實是別隻貓，一個小孩熱心的說：「是黃色的嗎？」

「不是，是黑白的。」我說。

小男孩歪著頭想一下，他又問我：「真的不是黃的嗎？那邊有一隻有點黃黃的，都會在樹上睡覺。」

「多大？」我問。

小男孩比了一個大小，「好像是這樣。」他說。

「帶我去看。」我說。

2006.5.2 巧虎

一看我就忍不住笑了出來了。

一隻無憂無慮的小貓自由自在掛在樹上睡覺。

「是不是牠？」小男孩問。

「不是。」我說，「但牠很可愛。」

「你可以養牠嗎？」小孩問。

「不行欸，不過我會常常來看牠。」我說。

每天巧虎不是這棵樹就是那棵樹，早上牠總是掛在樹上。

教會變成選舉投票所的那天，去投票。這次看到巧虎不是在樹上，是躲在人家桌子的抽屜裡，伸手找樂子玩。我們眼神交會，有種「熟悉密碼」的電流在牠眼中閃過。

招呼牠到工地。
不經世事的小貓吃飯好神氣。

2006.5.23 巧虎

巧虎白天並不屬於我。白天牠有好多「工作」，看見我過來，牠總是高興的跑過來又趕快去「跟工」。

我期待晚上遇見巧虎。

牠總是等在某一棵樹上；而我們在等牠從樹上跳下來砰咚的那聲。牠跳下樹，快樂的跑向我們，於是我會彎下腰來把牠抱起，用手掛著牠一路晃蕩走完這條巷子，然後放牠下來，牠腳步輕鬆的又跑回工地去了。

放牠回去的時候，有點擔心有點心疼。

對巧虎而言，這就是一個「家」了。

感情的謎

我一直以為，要養水泥所以才休工的工地，有好長一段時間，這個祕密基地裡只有貓和我。

和貓的友誼真很奇妙。
是一種安靜的、比較靠眼神傳遞的友誼，這種友誼永遠無法探測究竟有多深。
牠們並不邀你玩。

2006.10.08 小橘

你叫牠們一聲，牠們回頭望你一眼；你再叫牠們一聲，牠們多送你一秒的眼神。你以為牠們根本沒注意你，一轉身卻發現：牠們其實保持一段距離，跟在身後注視你。

讓人害怕嗎？不會。
深情嗎？說不上來，若有似無。
離開牠們，會很想念。

小橘是「爸爸貓」

貓們的表情都難以捉摸，沒有狗狗的咧嘴大笑，只有心情放鬆時會翻滾打呵欠；沒有狗狗的著急哀鳴，只有彎著手臂小小抿著嘴巴動也不動似乎納悶；沒有狗狗的驚慌失措，只有一溜煙的跑走。

巧虎不是那麼喜歡跟其他貓交往，牠白天上工，晚上就睡在工地裡。其實大多數的貓和巧虎一樣，牠們不喜歡黏膩，坐在一起也要有點距離。

2006.10.19 小小橘（左）和小橘

可是小橘不一樣，牠總是不知道會從哪裡帶回小小貓來照
顧，像小小橘。
小小橘喜歡膩著小橘，小橘到哪她就緊緊跟在身後，歡天
喜地的。牠們玩著咬著推著追著。

我摸摸小橘。
小小橘用牠的背偷偷在後面磨蹭了我一下。

I am really sorry

有一天卻親眼目睹了一件事讓我好傷心。

就是心裡非常敬佩和崇拜的「工地主任」，竟然混在貓裡面排隊吃著東西。我很久沒見到牠，不知道牠不打架也不管秩序了。

我看著牠，如果可以，想跟牠說一點鼓勵的話。

吃飯的一排貓都已結紮，也趁麻醉剪了一截耳朵，所以我們很容易辨認牠是不是結紮過。但這個印記貓是為人犧牲的。

我希望「我的工地主任」結紮，不要再到處讓母貓懷孕；但我也希望牠還是像以前一樣威風，讓我害怕得拿棍子來擋牠嚇牠。

「工地主任」低頭安靜的吃著，走時看我一眼。我知道牠還會來，但我好想對牠說對不起。

我知道「工地主任」
在看我。
像我關心牠一
樣，我想牠也
在關心著我。

撥撥。
每一隻貓都喜歡來
來去去的車子。

小小橘鑽小店電捲門

撥撥保持距離打著盹陪我。

小小橘

巧虎

小橘

小花花

有一天來了不知
名小貓。後來再
也沒看到牠。

真想叫撥撥笑一下。

結紮過的貓，即使
不親近，牠們也不
會因為這樣從此不
再來。
「安全」就等於是
家的代號。

小橘

院子基地

文仔師傅珍惜自己做的梯，愛惜的脫鞋上樓。

想問撥撥，要不要洗腳？

小小橘已經肯讓我抱
三分鐘了。我知道牠
很膽小很害羞。

猛然五秒會覺得自己好
像不在現實裡，心裡有
聲音說：「是誰把房子
搬來放在這裡？」

在這裡，我們只
會越來越熱。

越來越安心。

越想彼此照顧。

越想一起生活。

2007.4.3

撥撥和小小橘死了

晚上十一點，終於忙完了。像這陣子的每天一樣，我們散步去看看工地。

通常走進巷口沒多久，就會聽到巧虎從樹上的枝葉間砰咚跳下來的聲音。牠跑出來找我們，讓我把牠掛在兩手間，晃蕩著牠一同走過這條巷。
今天牠沒有出來。
經過工地，裡面暗暗的，預留當車庫的電捲門開了一條小縫隙，是稍早離開時我留的，這樣可以「讓撥撥看到外面的動靜」。不用開門，我就能猜到牠大概會伏在裡面的哪個地方，用哪一種表情豎耳傾聽我們經過的聲音，或是用哪一種聲音小心的睡著。

現在裡面應該有月光，這些小貓們應該都在要種樹的院子裡玩著。

「進去看看。」本來只是經過，大的忽然說。
「好啊！」我想，來看看牠們在玩什麼。

打開工地的門，月光下的院子裡忽然有幾個慌張晃動的黑影子。背脊麻了一下，我嚇了一跳，但馬上知道是狗。

「怎麼會有狗？」我說。忽然有一點害怕，還是有小偷？上次停工的時候，電線被剪斷偷走過一次。
「對啊，怎麼會有狗？」大的也說。

慌慌張張四處找地方亂竄的狗不只一隻，每隻似乎都很熟悉這個工地的方位。走進去，狗們更慌張了，感覺一下子從二樓跑下來，怎麼一下子又在房子的另一邊出現，到底有幾隻啊？

「牠們很害怕，」我說，「讓牠們出去好了。」
於是大的站在他的原地，我站在我的原地，拿遙控器把電捲門打開。幾隻狗害怕又慌張的從我們面前衝出去。
「都出去了嗎？」我問。
「也許，我去二樓看看。」大的說。

才上去不到一分鐘，又兩隻狗衝下來、衝出去了。
接著是大的，他手上掛著巧虎：「你猜巧虎在哪？幸好我們來了，牠掛在廁所的百葉窗上，下面兩隻狗一直在圍牠叫牠。我看如果我們晚兩分鐘，牠就撐不住了。我把牠從窗戶上抱下來，你知道牠抓得多緊嗎？我要把牠的爪子很用力拉出來才行，都僵掉了。」

還是無法理解狗狗怎麼進到裡面的，但在弄懂以前，看到巧虎的樣子，我忽然想到撥撥。

「撥撥呢？」我慌張起來，有一種比害怕更撕心的感覺湧現。

跑回車庫，摸黑找到工地燈。把燈轉開的瞬間，撥撥直挺挺倒在地上，已經沒有呼吸。

怎麼會這樣？我好想把時間倒轉，好想把撥撥叫醒。我一直重複著：「怎麼會這樣怎麼會這樣，撥撥、撥撥、撥撥死了！撥撥死了！」
接著，下一秒，我想到小小橘、小橘、「工地主任」和其他貓。我們急著在工地的各處走著找著。
樓梯的轉角，我看到害羞的小小橘倒在盡頭。
抱著牠，我忍不住哭了起來。

除了撥撥和小小橘，我沒再發現其他的貓了，幸好。
幸好，巧虎在最後兩分鐘前被我們發現了。
小橘應該沒來，或是聽到動靜跑出去躲了。

地毯式搜尋，終於發現狗是怎麼進來的。那個我始終認為「只有貓才進得來」的門邊縫上面，扯了一些狗毛。
仔細回想，這個晚上總共進來了五名殺手。
也忽然明白，原來前陣子，那隻倒在巧虎被堵死的浴室裡的虎斑母貓，並不是吞到誰放置的毒餌，而是那時候，狗狗早就進來瘋狂玩過了。

樹要種下去之前，請吊
車抓著樹，先在半空中
等我五分鐘。
把兩包裝在瓷罐裡的骨
灰，放進我手臂可以伸
進的最深處。

沒有儀式，沒有說話。
牠們知道，我知道。

這裡是牠們最
熟悉的地方。

這裡是
撥撥橘。

傍晚隔壁幼稚園小孩放學了。
我可以看到貓在這裡玩、

這裡玩、

和這裡玩。

胖橘爸

撥撥和小小橘走了以後，來了一隻非常帥氣的大貓，模樣與毛色樣子神似小小橘。
我擅自決定：「應該是小小橘的爸爸。」
牠在這裡定居下來，發福了，我們叫牠「胖橘爸」。

胖橘爸接收了以前牠們躺著曬陽光的屋頂。

貓偷偷潛進我的圖裡。即使牠們躺在屋頂上就是那麼一丁點。畫的時候，覺得我真的認識牠們。

我的心裡永遠不會有誰缺
席。最早因為小苓腿疼不
能爬樓梯，在工作室規畫
的小斜坡在貼面磚了。
師傅笑著聽我解釋「為什
麼」。

我能想像如果小苓還在，
牠坐在上面會是什麼表
情，會咧嘴笑吧：月光伴
著撥撥和小小橘，牠們仍
坐在這裡專心向外瞧著。

大家都是快樂的。

不是為設計而製作斜坡，是因為需要斜坡所以設計。因為不刻意，所以有感情。

正翻著書。

陽光照進來了。

音樂在這裡接上。

貓往下眺望。

不知道要賣什麼，但小店先布置好了。
預留了出水口是也許有早餐和咖啡。
預留了冷藏庫冰箱電源，也許是有機蔬果店。
預留了大木頭百葉，也許會是小畫廊。
預留了櫃子裡的T5燈，也許也會是個小書店。
預留了一整個藏在門後的櫃，也許有許多商品要存。

然後，
預留一個小門，因為也許貓想進來。
進來發呆。進來玩。進來巡守。
進來吃飯。進來喝水。進來找我。

當初想要陽光預留
的透光側牆，意外
的讓我可以看到貓
安心的在矮牆上休
息。
欣喜著有一個「不
打擾窺望口」。

小貓也學會怎麼在小店門裡的「小房間」午睡。

巧虎不喜歡待在屋裡，在所有工人攜著工具退場以後，牠常常待在馬路上。

圓圓總在斜坡上散著步下來。
我們多了許多「用等高的視平線
互相對望」的機會。

工作室啓用，
「毛孩子」經常陪我到深夜。

小花花喜歡靠在二樓斜坡往下望，
這下子終於「可以看得一清二楚」。

2007.7.12 工地主任

我愛牠

「工地主任」已經生病了一陣子，日漸消瘦。不知道平常
牠都在哪裡消磨日子，但這地方永遠歡迎牠來吃飯。
「還能吃飯，就還有希望」，面對無法接近也不會說話的
街頭毛茸茸孩子，這是大的教我最基本的判別守則。

「工地主任」回來的時候，都會看看我。
忘記什麼時候開始，牠會喵著跟我說話了。

我說：「你怎麼了。」
牠看看我：「喵。」
有時候牠會多喵幾聲，有時候多坐一下，但就僅只這樣。
牠總是拖著孤獨的身影離開。

我詢問大的意見。
他問我：「你抓得到嗎？」我搖搖頭。

最後一次看到「工地主任」是在小店外，距離前次，已經
有一陣子。牠好瘦，走路有點晃，也很慢。我好高興牠可
以回來看我。我很尊敬牠、愛牠，也還是有點怕牠。

但這次似乎可以跟得上牠。
我喊：「工地主任。」
牠沒有力氣轉頭看我。
我趨前想靠近，才伸手牠就走快了。
想就這次抱牠去看病，但是牠加快腳步，穿過小圍籬、穿
過小店旁的香蕉小徑，
頭也不回離開了。

再也沒有看到牠。
好後悔。
牠想回來休息的。
我好想說一聲「再見」。

2008.11.13 圓圓

我們都沒有不對

報名去上室內設計軟體操作課，一切都為了「什麼兜設計公司」：因為「什麼都」設計，所以「什麼都」要學。經過一場工地磨練，世界上「什麼都」有可能性。

一三五晚上上課，我隔壁坐了一個男生。我們兩個的位子正對老師的電腦。

鄰座的男生總會在我來之前，先幫我把該開的檔案、該從老師的電腦抓進來的講義……統統做好，就像吃飯前有人先布置好餐桌，所以我們永遠不清楚筷子是從哪拿來的。剛開始，我們兩個程度差不多，不會做的都不會做。班上有很多要考證照的重修生，那些人好像都熟門熟路，所以有個也不懂的在我旁邊，比較安慰。

上過幾次課，發現隔壁這人只要老師教過的他統統記得，所以當我還嗯嗯喔喔像臨時抱佛腳的學生單指敲鍵盤想怎麼畫圖形的時候，他已經做好他的也「順便」觀察我的。每做錯一步他馬上提醒我：「不是……你要……應該……按……」有時候，我會一直問他「為什麼」：為什麼老師要這樣做？為什麼老師要那樣做？

很多時候他都回答我：「我也不知道。因為老師上一次也是這樣做，背起來就好了。」對他這樣的回答，我自以為優越的想，啊你不夠聰明。可是一堂課一堂課過去，事實證明：苦讀苦練的人，表現出來的成績比我這自以為很聰明的又更聰明很多。

有時候，他題目做得很快。又有時候，他停在一張空白的頁面動也不動發呆。

直到那天，一張建築圖面上密密麻麻的顏色和線條，題目叫我們「把紅、青、綠色圖層解凍或關閉並找出右邊多行文字圖層的顏色性質」。

我盯著螢幕，邊自言自語「紅……關閉……紅……紅……綠……綠……」，發現他正盯著我的螢幕，我說：「你做完啦？」

「沒有，我看不懂。」
他說。

然後我看他的螢幕，「哪裡不懂？」我問他（終於有也許我可以幫忙的地方）。

他伸手指向螢幕中文字，「這什麼顏色？」
我歪著頭看一眼那文字的顏色（灰色啊我心裡想。那我來查查看圖層裡是不是有標明顏色）。
「我查看看。」我說。
正在查的時候，「那是什麼顏色？」他指著同一個區域又問我一次。

我笑起來，覺得好玩。他在想什麼啊，如果不查色票直接看，是灰色啊。

「是灰色。你為什麼要問我什麼顏色啊？你的意思是？」我問。
「因為我看不懂。我是色盲。」他平和地說，他有一張非常溫和的臉。

「？」一時間我不知怎麼反應。
色盲？我沒有心理準備，不知該怎麼回應。

「你知道，文盲是不識字，有字也看不懂在寫什麼。我是色盲，就是我不認識顏色。有顏色我也不知道它是什麼顏色。」他耐心解釋，我這種人他應該見太多了。

「真的嗎？」我說。
也不知該回答什麼，只好回說這三個字。

我看著他的螢幕發呆三秒。
轉回自己眼前的螢幕，「所以，」我問，指著螢幕上一個
紅線區塊：「那這是什麼顏色？」

「我不知道。」

接下來五分鐘時間，我努力想著看不懂顏色的感覺和意
思。看不懂顏色，那所有的顏色存在都沒有意義。世界沒
有顏色的感覺是什麼？眼前這個人很坦然的跟我說看不懂
顏色。看不懂顏色啊，這究竟是怎樣一回事？

我們彼此安靜了一下，然後我又忍不住了。
「你介意我問你色盲的問題嗎？」
「不會啊。」他說。
「是不是……很多人問過你紅綠燈的問題？」
「很多啊。」他笑。

「所以並不是像我們想像
的這樣，對不對？」我
說。其實我也不知道我們
想像的沒有顏色的世界是
怎樣。我們的世界裡，大
部分的時間只裝著理所當
然。

2008.11.13 小花花

「不是啦，我還是看得懂。黃燈比較灰，知道它的意思就可以了。」他說。

「那平常女生有沒有化妝，對你來說有不一樣嗎？」我問。
「有化妝比較亮。」他說。
「那新娘化妝呢？」
「不錯啊，就是五官更清楚，很亮。」

後來，他想一想說，他也許不能算色盲，該是「色弱」。
他一直強調「很亮」。所以我想，「很亮」應該是一種很舒服的感覺。

我問了一大堆。

他的世界有顏色，但中間色調的會混一團，比如說淺綠、黃色、橘色、淺棕。他的世界也許不是那麼繽紛，卻是該重的重該淺的淺，灰或是比較不灰、暗或亮，對比分明。對於我不懂的那個世界，我雞婆的塞給他一個解釋：「我想，你看到的顏色應該很像我拿彩色的圖去黑白影印，不管什麼顏色都變成灰色調。你覺得是這樣嗎？」

他笑著回答：「嗯，應該是。」

我想繼續問他很多顏色的問題，但老師進來上課了。

我眼裡的紅色不知是他心裡的哪一種顏色？

當他突然說出「我是色盲」那四個字的時候，我心裡有點
慌亂難受，難受於現實給了這個人的與眾不同一個殘酷的
定義，而我也被影響了。我不喜歡。

他不是色盲也不該是色弱。他只是有一套自己的灰調色
票，全部是特別色而已。

而且，我想，他的顏色世界比我們的要明亮乾淨很多。
因為曖昧混濁的中間地帶都不見了。

附近有人感染登革熱，這條巷，家家戶戶門口貼著噴藥時間注意事項公文。工作室做著登革熱防治噴藥前的準備。

把所有東西都用報紙貼起來。什麼都看不到，好像把夢想也貼不見了。

幸好這些都是暫時的。

友好的、互愛
的、充滿笑聲
的，還有滿腔熱
誠的夥伴來了。

室內設計軟體的證照考到了，「什
麼兜設計公司」的「什麼都」在我
心裡。創作究竟還有什麼極限還有
什麼好玩什麼態度和什麼方向？
我們心裡感受的美好要放出去分
享，不管風災地震或是世界末日，
都要過好每一天。

夥伴不只一個。

不只兩個或三個。

本東

華生密

Ban-ban

罐罐

或四個。

Tony 水餃 本東

5月
────
6日

今天一心一意要找紙。因為找紙，從一個電話號碼得到另
個電話號碼，再從那個號碼得到下個電話號碼。最後總算
有人耐心回答了問題。我是這麼說的：「（解釋從何方
來、要做什麼）……請問你可以讓我看一些紙張樣嗎？」
（希望看到的是那種裝訂成A4一本的文化用紙樣本）業務
小姐講話很快，有點來不及聽。講到後來，她問我可不可
以到她辦公室。紙很多，要給我看不是不行，但還是直接
到辦公室最好。

「中華路直走遇到青海路左轉過橋遇鼓山路再右轉，不久
就會到。」她說。

一個大工廠，紙張由堆高機上上下下正在出貨，業務小姐
在門口對我招手，然後很快的領我到小辦公室。白色日光
燈映照著七、八個職員，一組似乎是熟客，坐在一旁沙發
喝茶談事。業務小姐找位子讓我坐，請我等她（動作非常
快）先處理一批訂單。

「你要什麼紙？」終於她問我。
帶了一些紙在身邊；那些紙是我的「感覺」。

我說：「很多紙以後也許都會用到，但這次我想找的是除了印刷也可以拿來包裝產品的。」裝做好像很專業，拿了一張我的「感覺」給她看。

她摸一摸。

接著拿了一本樣本給我：「應該就這幾種而已，你這種也類似差不多是這些，磅數就是上面寫的。你摸摸看，這些紙用久（客戶）都知道啦，訂紙通常就不用再看磅數了，打電話直接訂。」

有點不好意思的坐在那辦公室裡。因為我很慢，每種厚度和想白或黃的紙色都需要五秒；用五秒換「希望是最好也最適當的決定」。

終於選了一款紙。

「全紙還是菊版？」業務小姐問。她握著筆等我下決定。

又讓她等五秒。

她等不及：「來，這樣最快，你過來這裡看。」

她腳步很快的帶我去倉庫。

「這是全紙（手比），這是菊版。」

「訂多少？」她問，「一令。」我趕緊說。

「要不要裁？」她問，「不用。」我說。

「好，因為要裁還要加錢。」她說，「因為我們是第一次合作，這次你要先付現金。」

這時才發現，身上沒帶半毛錢。

「那這樣好了，司機送貨去的時候，把錢給他。」她說。

紙送到了，一令紙疊起來不超過十公分，請司機放在一入口的地上。

覺得這令紙，看起來和我到他們公司時一樣怯生生。

關於紙，我想，在用很多次、又很多次、又很多次之後，就會知道怎麼買、怎麼裁了。我會學會的。

$$\frac{513}{24}$$

今天早上我又打一次電話，想訂紙。

「你要訂多少？」陳小姐問。

「一令。」我說，俐落多了。

「那你自己過來載好不好？」她說。

「好。」其實一令紙我試著抱過，很重抱不起來。但我想她也許希望我可以付現，省作業麻煩。

倉庫一樣忙碌，陳小姐離開辦公室忙業務了，她交代了另

一個小姐辦我的事。

「一令對不對？」那小姐問。

「三令。」開車來的路上我已經改變主意。

坐在旁邊的沙發上等小姐開收據發票。今天沙發區沒人在喬事情，後方一個有點年紀的先生開口講話了：「怎麼沒請司機送？」（台語）

小姐說：「她說要自己載。」（台語）

我說：「不是，是因為本來只買一令，陳小姐說我自己來載比較快。那你們現在可以幫我載嗎？」

那先生點頭，交代小姐：「排司機幫她載一下。」

老先生順便斟了一杯茶說：「喝茶啦。」

眼前有一本紙張的樣本，高興的翻著紙樣，我說：「這樣本可以給我嗎？」他點頭，茶壺口又過來斟了一杯，「喝茶。」他說。

司機先生在我回到工作室不久就把紙送到了。臨走前又加買一令牛皮紙，總共四疊。

「你們都這樣直接用喔？」司機好奇問。

「斜對角的網版印刷公司可以幫我處理，不過這次是要這樣直接用。」我說。

我喜歡司機白襪短褲球鞋乾淨的穿著。

雖然沒幾場戲，但是覺得自己今天老練多了。哈。

這裡永遠是你的基地

巧虎好長一段時間不大適應「工地」裡沒有人來來去去，牠不喜歡回來，但是我一直擔心著外面自由自在的狗狗遇到貓會玩瘋了。

牠也不大和別的貓玩。牠喜歡自己一個。

自己一個在別人家的冷氣機上舔著手、自己一個在巷子的汽車頂上曬肚子、自己一個在前方社區中庭的涼亭裡睡覺，或是自己一個在什麼地方我永遠找不到。有時候，附近如果剛好停著小卡車，牠會跳進去翻滾打盹，直到人家要把車開走。

然後夥伴Cupid帶著一家子貓來了，巧虎更是不想回來。有一天看了一個電視節目，是一位動物通靈者在替人與寵物做溝通。本來溫柔的貓在姊姊去國外念書後，變成誰都無法靠近的大兇貓，動物通靈者在姊姊家人的委託下「聽」貓講話，他們用「心」在聽的。「講」了很多話，氣呼呼的貓竟然翻肚子伸手撒嬌了，電視裡的每一個人都哭了，電視外的我也是。

那個當下，我忽然相信每個人都有能力跟動物說話。

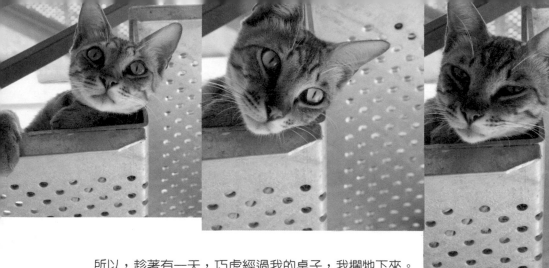

所以，趁著有一天，巧虎經過我的桌子，我攔牠下來。
牠伏著坐在我的前方，我開始跟牠認真說話。

我告訴牠我怎樣擔心牠：跟牠說出去玩沒關係，但是我希
望牠天晚了就回來；跟牠說那時候撥撥和小小橘的事我有
多難過：「你知道那是怎麼一回事，因為你在現場，爸爸
那時候還把你從窗戶上拔下來。」
我跟牠回憶這裡還是工地的時候，看工人做事多有趣。我
說我知道牠時常去爬管線間，但是那些地方不能一直這樣
開放，因為人要搬進來，很多東西要開始用。

還有我說：「你記不記得，那時候你都會從樹上跳下來找
我，然後我把你抱起來掛在手上。我們啊就這樣晃啊晃啊
的走完一整條巷子。」
我邊講邊摸摸牠，邊想到牠在工地上上下下的身影，掉了
很多眼淚；巧虎伏在我的前方，牠靜靜聽我說完了。

牠都聽懂了。因為從那天起，牠出門總是很快就回來。

對狗狗說話，句子
永遠不用那麼長。

喜歡的，

牠們不重視細節，只關心重點。

世界上的貓只有兩種存在：

或是最好不要看見的。

這裡曾經是堆放著巨大貓沙堆的「夜光遊樂園」小店。

是曾經和師傅開玩笑說：「做機車寄放每小時二十元也可以」的小店。

2007.3.9 小店

開始一個沒有日程表的準備。

就在我們把東西都擺好的那天，

some books, pictures, stationaries
and others

open : 11.00
close : 9.00

把字寫上玻璃的那天，

好好寫字

Chinlun's th

2010

小店，悄悄開了。

維士比

小橘依舊是
「爸爸貓」

閃電黑

撥撥橘風景。

日日美好。

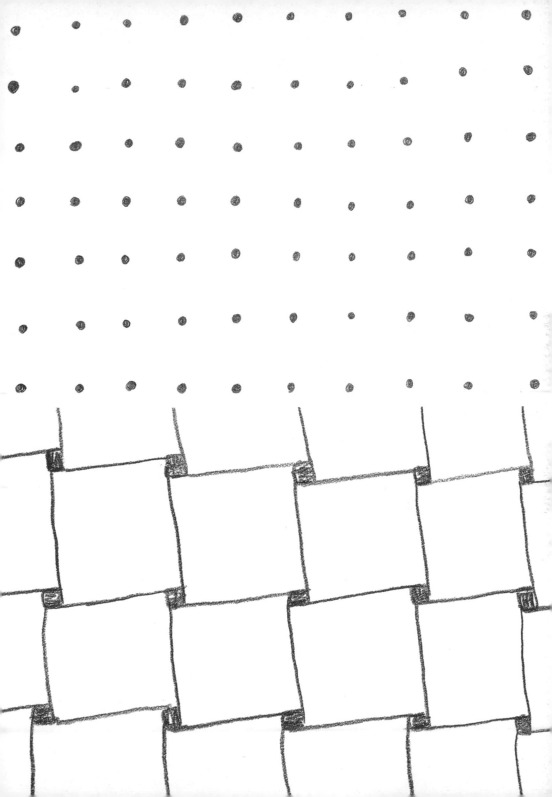

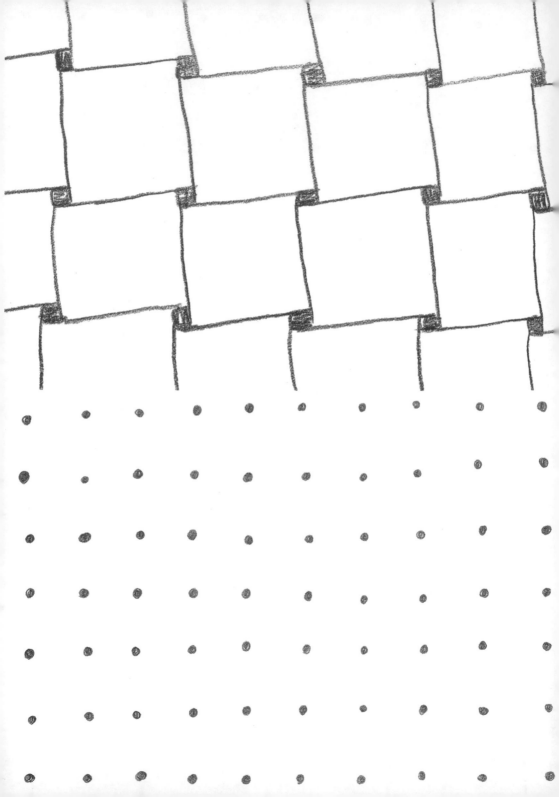

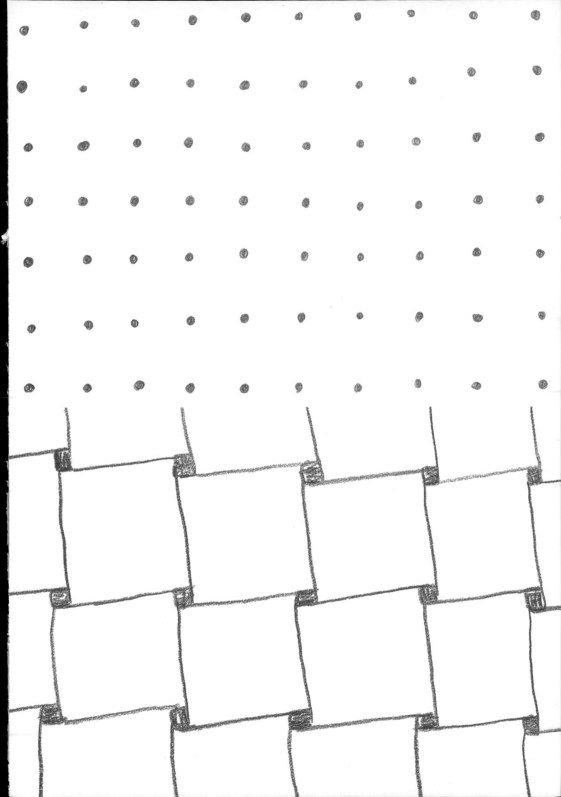

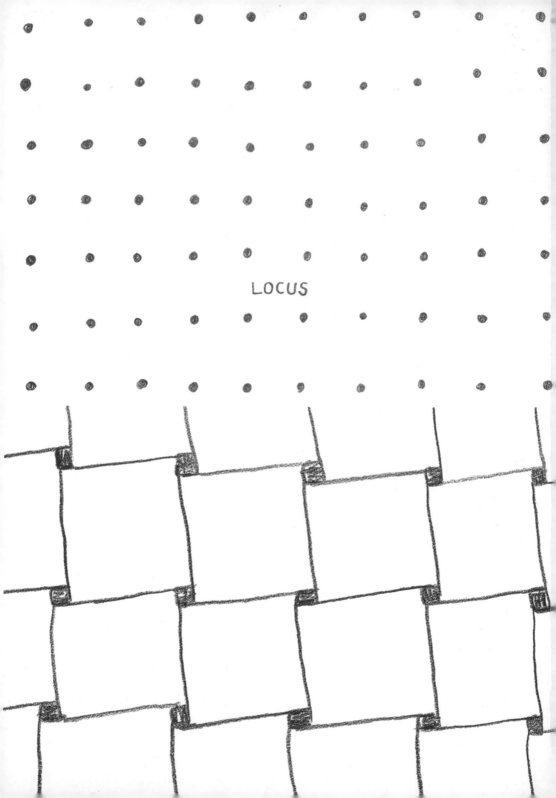

LOCUS